KB237063

탐진강

위선환
시집

문예
중앙
시선
030

탐진강

위선환
시집

문예
중앙

시인의 말

 1999년 5월에는 「탐진강 1」을, 2013년 4월에는 「탐진
강 61」을 썼다. 시를 끊고 지낸 30년의 간극을 겨우 잇기
까지, 그 15년은 길고 힘들었다. 탐진강은 사람과 강이
하나로 바라보이는 공간과 사람과 강을 하니로 바라보는
시간의 사이를 흐르는 한 흐름이다. 그 강은 길게 흐르고
오래 흐르므로 어느 때나 거기에 가서 사람들은 강을 만
난다. 그 강은 모든 사람이 저마다 기르는 모든 사람의
강이다.

차례

일러두기

한 연이 첫 번째 행에서 시작될 때는 >로 표시합니다.

탐진강 1

나 말고도 투신한 사람이 있다. 벼랑 밑 깊어진 물속
이 퍼렇게 멍들어 있다.

탐진강 2

강이 오래 운다. 잊었겠는가. 풀밭에 한 사람이 눕던 것을, 언제나 아프던 것을,

강 허리에 은비늘 몇 돋는다. 물속까지 흐른 버들가지에 초록색 이파리들이 한 잎씩 피더니 버들잎 아래로 피라미 떼가 지나가며 물길을 내고, 이내 번뜩이는 꼬리들을 맞부딪치면서 자갈돌 흐르는 여울바닥을 거슬러 오른다. 자갈바닥에서 피라미들이 닳고 있다. 파란 턱뼈와 핏발 밴 아가미가 비치고 지느러미는 이미 물빛이 되었다. 오래지 아니하여 비늘들이 다 갈라지고 생살이 해져서 자잘한 가시들이 드러나리라. 벌써 여울목에 가시가 걸리더니 잔가시에 찔린 물살들이 저민 듯 붉어지면서 물줄기가 홍건해졌다. 사람이 또 아프겠다.

어두워지기 전에 미리 가서 기다린다. 어제 던진 조약돌들이 저무는 물바닥 위를 잔달음질로 건너가고 있다. 기억은 수도 없이 동그랗게 물무늬를 그리고. 강은 목

메고, 운다. 등을 굽히고 일어서면 강이 업히는 것을,
등이 흠뻑 젖어서 무너지는 것을,

탐진강 3

발바닥이 파였다 새살이 돋기까지 며칠이 남았다
며칠 사이에 들찔레의 가시가 단단해지고
자갈돌 틈새에 패랭이꽃 피고
강은 희게 닳은 돌부리를 건져 올려서
내 살에다 심었다
아직은 며칠이 남았고 물가 풀밭에 이슬 맺히고
이슬이 내리자 척척해진 발등에서
들풀이 자란다 발가락 사이로
청정맥의 실뿌리가 내려온다
남아 있어서 심하게 아프던 날들의 늦저녁에 닿기까지
강은 흐르고
돌아가지 못한 것들의 적적한 슬픔을
낮은 물소리로 두런거린다
사람이 목메어 듣는다
강물 따라 걸어가면 나도 흐르게 되리, 먼저 흘러간 강은
멀리 흐를수록 어두워지고
어둠의 한쪽이 허물어져서 돌아다보니, 어떤 사람이

사람의 깊은 구석을 파묻어둔 흙무덤에다
삽질을 하고 있다

탐진강 4

아직 떠나지 않은 한 사람이 며칠째 내린 비 끝에 남
아서 어두워지는 저물녘을 지켜보고 있다
저렇게
비에 젖어서 돌아오고 있는
긴
강,

탐진강 5

그 사람이˙ 강으로 걸어 내려왔다. 사람을 아랑곳하
지 않았다. 발을 담그고 앉더니 칼날을 반짝이며 발가
락 사이에서 티눈을 파냈다. 종잇장 같은 등가죽에 굵
고 푸른 등뼈가 비쳐 보였다.

물 건너편에는 흰 알돌 몇 개 뒹굴고 있었다. 얼마 전
까지 핏자국이 말라붙어 있던, 지금은 산국 몇 송이 피
어 있는,

• 파르티잔.

탐진강 6

　세류리 뒷등을 짚고 넘어가서 찾아낸 탐진강 발원은 속눈썹이 겨우 젖는 작은 틈새기였다. 풀뿌리와 나무뿌리에서 한 방울씩 듣는 실물줄기가 조금씩 골을 파며 흘러내리고 흐르는 실물줄기에 실려서 가늘게 우는 풀벌레소리도 흐르더니, 이어지는 물길이 풀밭이며 자갈밭에 젖는 냇물로 흐르거나 구름덩이가 떠 흘러가는 강물로 흐르면서는 흘러가는 물소리야 그냥 흘려보내야 했지만, 풀벌레소리는 지나는 물굽이와 들녘과 산자락 여기저기에다 남겨두었다.

　강물 따라오느라고 늦은 저녁까지 걸어온 사람은 어둑해지는 하구에서 몸을 돌려세우고 140리 유역에 흩어져서 울어대는 풀벌레소리를 귀 기울여서 듣는 것인데, 그사이에 밤이 깊어지도록 오래 듣다가 문득 놀라서 보니 어둠이 짙게 드나드는 살과 뼈 사이에 캄캄한 틈새기 하나 벌어져 있다. 물소리는 이미 흘러가서 말랐고

풀벌레소리도 아주 가늘게만 들리는 비록 작은 틈새기
이지만,

탐진강 7

풀밭 끝에 귀뚜라미가 있다 풀잎을 밟고 가고 풀 그늘
의 흙바닥을 디디어 가며 발자국이 느리게 찍혀 있다
풀잎이 마르고 귀뚜라미는 아주 야위었다 이미 기진한
더듬이를 옮겨서 무겁게 눕혀두었고, 지금은 다만
뒷다리가 꺾이고, 바짝 마른 정강이 마디들이 한 마디씩
부서진다
끝내는
땅바닥에 대고 엎드려서 운다 귀뚜라미 눈물에 흙바
닥이 젖고
머리맡으로 강이 되돌아와서 귀를 묻고
눕는다
몇 마리인지 물고기도
누웠다,
가
갔다
모래바닥에 비늘자국이
찍혀 있다
강이 오래 누워서 부러질 듯 수척하고, 물이 얕아지

고, 강의 등줄기에서 가는 등뼈가 드러났다 모래밭을
파들면서, 잦아들면서, 허물면서, 차츰 모래 속으로 묻
힌다

탐진강 8

읍에 내려와서 강 가까이 방을 정하면 늘 그랬듯이 밤잠을 또 못 잤다. 기온이 빠르게 식어가는 강변에서는 돌멩이들이 귀를 묻고 누워서 강줄기가 굳어지며 얼음 어는 소리를 듣고 있었고, 추위를 못 견딘 조약돌들은 달그락거리며 강바닥을 옮겨 다녔는데, 강으로 돌아오는 사람은 누구나 조약돌 몇 개쯤은 간직하고 있는 법, 나도 불을 끄고 누워서 내가 길들인 조약돌들이 유리창에 끼는 성에를 긁으며 창밖을 기웃거리거나 방 안을 서성대느라 달그락대는 소리를 듣고 있었다.

그러고는 겨울이 깊어졌으므로 사람들은 거처 안에 머물고 조약돌을 띄울 강물도 얼었으나 찾아가면 아무 때나 이 겨울의 강에는 눈이 내린다.

탐진강 9

강물은 더 흘러가려 하고 나는 손을 놓으며 흘러 보낸
다. 먼 어느 땅에 젖으려는지, 뻐꾹새가 강 건너에서 운
다. 무릎 안에 물이 고이더니 무릎뼈가 마저 잠겼다. 발
바닥에 박힌 잔 돌멩이 여럿 캐내고 아무 생각 없이 되
돌아갈 길을 돌아다보고 있는,

탐진강 10

소나기가 지나가도 하늘은 젖는다
하늘천장에 물기 어린 것 보이고
손바닥을 대도 젖는다
그러니까
장마 그친 하늘의 이 끝에서 저 끝까지
강물 한 줄기 뻗어 흐르는 것 사실이고
그 강에 내려앉은 목이 긴 새가
긴 목 가득 물을 머금고 날아오르는 것이나
나는 새의 목 줄기에 담긴 물 모금이
푸른 결 일구며 찰랑대는 것 모두가
말갛게 내비쳐 보이는 사실인데
사람들은 빤하게 쳐다보면서도 왜
안 보인다고만 하는가

탐진강 11

여러 날째 하늘이 물 안에 가라앉고
등 뒤에서 물소리가 찰랑대더니
저문 날 강가에 닿았을 때는
등허리가 다 씻겨나가고 없다
그러고는 물소리마저 씻겨나가서
내가
적막해졌다
더는 그리워하지도 아프지도 않으리라
어느새 나를 앞질러 가서 하늘 아래에 닿은 강이
오래 흐른 몸을 길게 뉘어 잠재우고
먹먹하게 울음 차는 강물 위로 어둠이
모래더미처럼 허물어져 내린다
강물도 몸을 헐며 어둑하게 숨 죽고 두껍게
묻힌다
나도 묻힌다
모래톱을 더듬어 내려가는 발목이 묻히고
아랫도리가 묻히고
차츰 허물어져서

조금씩
물에 잠긴다
캄캄해지는 강에
키째로
아주
잠,
긴,
다,

탐진강 12

나날이 물빛이다. 강둑에 앉아서 보니 한 무리 소떼가 눈 아래 풀밭을 뜯는데, 등줄기에 떨어진 햇빛이 탁탁 불티를 튀기며 타고 있다. 몇 마리는 물속에 무릎을 담그고 서서 긴 숨으로 물을 들이켠다. 물가에 머문 것이 며칠째인가. 여러 날째 물빛에 씻긴 몸통 속으로 한 줄기씩 물줄기가 흘러드는 것이 보인다.

어느새 어두워지고, 물소리 적적해지고, 검은 산봉우리들이 한 봉우리씩 소 등에 실려서 산 밑 마을로 돌아가고 있다.

탐진강 13

깊어진 것이 무엇인가
헤아려보아야 고작
속내거나 골이거나 주름살이거나
아니면 그리 아픈 그리움일 것인데

장흥읍에 가서 보았다
깊어진 사람이면 똑같이
들여다보며 사는 것
사람들은 하나씩
강을 기르고 있었다

탐진강 14

거기와 저기
떨어져 있는 사이가 푸르러진 것이
강이다

건너다보며 기다리며
젖으며
마침내 푸르러진 당신의 눈빛이 또한
그렇다

탐진강 15

몇 해를 지켜보니 기러기는 하늘을 건너가고 그림자
는 강을 건너갔다. 그러니, 시늉만 적시다 마는 여러 해
의 물길이 몹시 쓸쓸했을 터, 이제라도 오는 길부터는
기러기가 제 발을 적시며 강물을 곧장 딛고 건널 것이
다, 그럴 때가 됐다, 싶어서 강바닥을 여러 번 닦아내고
강물도 씻어놓았지만 기러기는커녕 그림자마저 얼씬
않는다. 쳐다보니 초겨울의 하늘 복판으로 기러기 여러
마리가 날아간다. 하나같이 발가락을 잔뜩 움켜쥐어서
배 밑에다 오그려 붙였는데 움켜쥔 것이 모두 제 그림
자다.

탐진강 16

한 강줄기 받아서 무릎 위에 누인다
늦은 어느 저녁에는 강이 아주 잠들고
풀벌레소리 그치는 것을,
지는 잎이 다 지는 여러 날 뒤까지
더 오래 숙이고 기다리는 것을,

가을 같은 사랑,
하겠다

잠들듯 숨 고르다가 고개를 누이는
강의 머리맡을 더듬어서
잘게 우는 풀벌레소리들 집어내면서
나는
문득 조용해진
어느 저녁을 맞을 것인가

탐진강 17

하루를 더 머문다
진종일 몸 안으로 물소리가 흘러서
뼈마디와 살 틈이 하얗게 씻기었다
지금은 날이 저물고
어스름이 내리는 행간을 지나서 한참을 더 내려간 아
래쪽에
강이 닿아 저무는 것을
그 강에 온갖 그림자가 잠긴 것을
바라본다
나는 얼마나 길게 흐르는 강물인지, 먼 어디에 닿아서
저물고 있는지,
몸을 꺾어 가까이 대고 낮은 목소리로 물어보겠다
물 아래서 누구인가 등을 켜 건다

탐진강 18

날벌레 떼가 잔 날갯짓을 비벼대던 하늘이다

날벌레들은 닳아서 모두 떨어졌고 지금은 별빛들이
잉잉거리고 있다

강 물줄기가 환하다 내 발등도 밝다

어느 날은 눈자위 꺼지고 귓속 깜깜한 저녁에

나는 걸어가며 몇 번이나 더듬대고 내 발걸음보다 더
디게 흐르는 물줄기를 따라서 물줄기보다 더딘 발걸음
으로 어디까지 오래 걸었던가,

내 발걸음보다 더딘 걸음으로 뒤따라오는 발자국 소
리를 얼마나 길게 귀 기울여서 들었던가,

자정에는 한 별자리가 내려와 등에 얹혔고

나는 내내 걸어서 강 물줄기를 따라간다

물에 떠 흘러가는 별빛 몇이 깜박이며 뒤돌아보며 걱
정스레 두런거리는 여러 말들을

고작 한두 마디도 못 알아듣는다

강 밑바닥에 별빛이 꽉 찼다

탐진강 19

읍에 가서, 예양리의, 가파르고 비좁고 이리저리 굽은 골목길을 걸어 내려간다. 길의 끝에는 강이다.

모난 모퉁이에 부딪혀 나뒹굴고 굽은 굽이를 돌며 휘어지고 튀어나온 처마에 눈썹미가 잘리기도 하는 이 길을 누구의 한 생(生)이라 이름 지어 부를 것인지, 염려한다.

한때는 강을 끌어다가 내 가까이에 매어두었다. 징검돌을 딛고 가며 물 위를 걷고 물길 저 너머로 조약돌을 팔매질하던, 그때는 강을 건너며 발을 적시지 않았다.

지금은 강에 닿아 다만 강을 본다. 먼 길을 흘러와 잠깐 닿은 강이 길을 내며 더 멀리 흘러가는 것 본다. 강에 닿은 사람이 멈추지 못하고 걸어서 물속으로 들어가는 것 본다.

발바닥 젖고, 발목 잠기고, 무릎 안에 고이고, 가슴 가득 차오르고……

　강 건너에서 누구인가 오래전에 잊었던 내 이름을 부른다. 강에 안개 짙다.

탐진강 20

여러 날 서서 바라본 적 있다 멀리서 흐르는 물빛이
반짝였다

오래 기다린 적 있다 저만치 돌아오는 물소리가 들렸다

물은 나에게 닿았고 더 길게 흘러서 내 안에 흐르는
강이 되었다

강은 어디까지 흘러가고 그러면 나는 왜 비는가를,

강은 언제 돌아오고 그러면 나는 왜 먼 곳을 바라보는
가를,

강은 조용히 흐르고 나는 느리게 걸어가는 저녁이다

한 사람이 나와 나란히 걸으며 손바닥을 겹치더니

손가락을 섞어서 깍지를 낀다

탐진강 21

또 그는 떠나겠다 하고 나는 그의 어깨에 걸었던 팔을
내린다
오직
강이 남는다
누구인지 물 건너에 서 있어서 손 치켜들며 소리쳐 어
이, 부르면 손 마주 치켜들며 소리쳐 어이, 대답하는
그
江,

탐진강 22

　그때에 떨어져 내리고 있던 나뭇잎 한 잎과 지금 떨어
져 내리고 있는 나뭇잎 한 잎의

　참 멀고도 오래 걸리는 두 나뭇잎 사이를 느리게 걸어
서 건너가는 며칠 안 남은 이 늦은 가을에

　저쪽에서 건너다볼 때 비치던 나무 아래 물빛과 이쪽
에서 건너다볼 때 비치는 나무 아래 물빛의

　참 멀고도 오래 걸리는 두 나무 아래 물빛 사이를 느
리게 흘러서 적시는 이 강에 와서,

탐진강 23

저 강에 그림자가 비쳤다

저 강은, 저 강에서도 아직 먼 한 사람을, 그 사람은
당신을, 당신은 나를
나는 흘러가는 저 강의 뒷모습을
목숨 끊듯
간절하게 바라보는
며칠이 지났다

탐진강 24

강이 오늘은 내 안으로 흐르고 나는 강을 딛고 건넜으
므로 내가 디딘 자국이 강에 찍혔다
내일은 어디서 만날 것인지, 어디까지 걷게 되는지,
강을 떠나지 못한다
저녁 눈 내리고, 눈발에 어둠 묻고, 숨 죽듯 눈발 그치
고, 눈발 그친 하늘에
별들 돋고,
별들 돋는 강에
혼자, 길게, 먼 길을 걸어온 자국들 찍히고,

탐진강 25

장흥댐, 고인 물에
살던 동네가
가라앉아 있다
들여다보면
골 붉은 감들이 아침 햇살을 받고 있는, 갓 쓸어놓은
마당이 무 잎처럼 푸른,
아궁이에서 발간 불빛이 새어 나오는,
사람은 없는,
깊은,
어제 던진 돌멩이가
아직
내려가고 있는,

탐진강 26

멀고 오랜, 강이다. 목까지 차오른, 강이다. 꿇었고,
엎드렸고, 엎드려서 우는, 강이다. 파묻으면서, 파묻히
면서, 아직 묻히고 있는, 강이다. 저물었고, 어두워졌
고, 더욱 어두워지며 흘러가서, 굽이를 돌아가는, 강이
다. 이름 불러도 못 듣는 귀머거리, 강이다. 목 잠긴 곡
비, 저 강이다.

탐진강 27

진종일 발끝에 마른 풀이 차이곤, 며칠째인지 마른 볕
이 발등을 덮었다

아까부터 강물은 등 뒤로 흘러가고, 저무는 것들은 빨
리 저물며 어슬어슬 멀어지는 저녁

한 사람이 스쳐 지나간 뒤에는 저만치 지붕 낮은 신흥
사가 보였다

갈비뼈 아래 어디에 작은 틈새기가 있다 거기서 한 뼘
길이로 풀벌레가 운다

탐진강 28

비는 여러 날 전부터 내리고
강은 굽어서, 굽이를 돌아가서, 굽이의 뒤쪽까지 젖는다
너는 며칠째 강을 따라 걸었고, 강굽이를 돌아갔고,
강굽이의 뒤쪽을 걷는 중이고
뒤따라가며
나는
불렀고
한 번이지만 네가 돌아다보았으므로 처음으로 빗소리
가 들렸고
비로소 대답하는 목소리를 듣는다

여러 날 내린 비는 여러 날을 더 내릴 것이고 너는, 나
는, 척척한 등을 구부리고 앉아서
추운 발가락들을 씻는다

탐진강 29

　이마가 흰 사람을 만난 것은 초겨울 어림이다
　광대뼈가 튀어나왔고 턱이 길었다 긴 얼굴의 아래쪽이
그늘에 덮여 있었다
　가슴팍에서 바람소리가 났다 등 뒤로 돌아가서 귀 대
어도 마찬가지였다
　긴긴 눈빛이었다 나를 보는 대신
　나의 등 뒤를, 나의 등 뒤 어디인가 먼 데를 보고 있었다
　돌아서서 바라보니 참으로 멀다
　무등산 너머 나주들 너머 영산강 너머 산과 산이 바짝
비좁은 유치 산골짝의 보림사 가까운
　물이 차고 얇게 언 개울 건너에 고작
　볕 조각 하나 떨어져 있다
　거기서 그 사람이 손가락을 세워서 가리킨다 가리키
므로
　거기서, 강이 춥다

탐진강 30

저 사람이 여기에는 없는 사람의 이름을 부른다. 혹시 나의 이름이었을, 혹은 오래전에 잊히었을 누구의 이름을 또 부른다. 내가 내 이름을 잊은 첫날부터 누구도 나의 이름을 부르지 않은 날까지, 또는 내가 누구의 이름도 부르지 않은 오늘까지, 나는 목이 메고 애처로웠다. 눈물보다 먼 데에 손 뻗치어서 눈물보다 먼 데에 묻힌 이름자의 자획들을 집어낼 수 있는지…… 주먹으로 입 틀어막고 손가락 눕혀서 적는다. 차마 내가 이름을 부르지 못하는, 귀먹은 강이 있다.

탐진강 31

물이 잔잔하고 바람이 서걱대며 마르더니 갈대들은 서로 부딪치고 혹은 부러져서 누웠다. 떠난 지 오래된 사람의 소식을 뒤늦게 듣고 길을 물어 찾아와서 사흘째 머무는 강의 하구, 저만치 내려다보이는 개흙바닥에 조각배 한 척 묻히었다. 반 넘게 흙이 들어찬 뱃바닥에는 어젯밤에 떴던 조각달의 조각난 달빛이 꽂히어 있다.

탐진강 32

날개 긴 새가 낮게 날며 날개 끝을 강물에 부딪치더니
치솟아서 어두워지는 하늘 속으로 사라진다. 새 한 마
리는 걸어서 강을 건넜다. 발톱에 묻은 물방울을 털고
는 계속 걸어서 별 돋는 하늘 아래로 갔다.

강물에 하늘이 비치어 보이는 옛집에 머문다. 날마다
저녁이 오고 어둠이 고이고 새가 사라지는 순서를 지켜
본다.

깜깜해진 뒤에는 발끝을 세우고 더듬대며 지붕 아래
로 걸어가서 하늘로 들린 처마 끝을 쳐다본다. 그러고
는 아무도 기다리지 않는다고 혼잣말을 한다. 밤에 깨
어서 이슬이 강물로 떨어지는 소리를 듣는다.

탐진강 33

해 전에 날아오른 새는 구강포로 흐르는 아홉 개의 물
줄기를 차례로 건너고 있었다

물줄기 다음에야 차례가 오는 하늘은 그사이에 어두
워져서 별들의 꼬리가 길게 뻗치었다

해 뒤에 하늘에는 별빛이 밝았다 별과 별 사이에 날개
치며 나는 새의 그림자가 비쳤다

몇 해가 더 갔고 별들 사이를 다 지나간 새는 먼 별의
뒤쪽 어둠 속을 날고 있었다

이후로 새는 보이지 않는다 그래도 강에 가서 바라보
는 강 건너는 아득하고 조용하고

아득하고 조용한 거기 어림에서 아직도 날고 있는 새
의 날갯짓하는 소리가 들린다

탐진강 34

강 건너에서 누가 불을 켠다

늦게 누운 사람은 잠들지 못하고 어제 잠든 사람의 머
리맡에서는 귀뚜라미가 운다

가슴살이 마르면서 꿇은 무릎이 조금씩 묻히는 것이
니 바람은 등허리를 스쳐가고

숙으며

등뼈가 기우는 이 저녁에

미리 돌아와서 죽은 이가 묻힌 거기와 내가 무릎 꿇고
어두워지는 여기 사이가

밤이 와서 깊어지는 거리만큼 멀다

그동안에 캄캄해진 강은 조용하고 마저 기울어서 넘
어지는 나는

가슴팍을 물 위에 얹는다

탐진강 35

조약돌들이 모여서 빛났다 여울에서는 물살들이 부딪
치고 부서져서 유리 조각 같은

물의 파편들이 빛났다

부르는 목소리는 야위면서, 대답하는 목소리는 모퉁
이를 돌아가면서, 부르고 대답하는 메아리는 길게 휘
면서

사라지는 것들이 빛났다

떠나가며 손바닥을 치켜들었으므로 마주 손바닥을 치
켜들었고 손금은 손바닥에다 골을 팠으므로

골물들이 모이고 고여서 손바닥이 잠기었다

잠긴 손바닥이 가라앉으며 물은 깊어지며 물 흐르는
소리가 들리는,

물 흐르는 소리 아래로는 물소리보다 깊이 흐르는 물
줄기가 흘러가며, 맑아지며, 환한,

흘러가는 강이 빛났다

탐진강 36

읍에 불이 켜지고 돌아오는 사람의 발바닥에 어둠이
묻었다

여러 사람의 목덜미가 어스름에 덮였다 낯모른 사람
이 강물을 디디며 건너간 뒤이므로

작은 새가 풀잎을 물고 날아오르는 하늘은 빠르게 어
두워지고

서쪽에 남았던 빛이 마저 지워진 허공에는 달빛의 은
색 테두리가 걸려 있다

저 사람이 손가락을 세워서 가리키며 저 시간쯤이라
고 말하던 저기에서

마지막 사람이 스치고 지나가며 낮은 목소리로 말했
다 나는 알아듣지 못했고

지켜보고 서 있어도 그 사람은 돌아다보지 않았다

지나간 것들이 희미해지는 어림에서 물소리가 들린다

탐진강 37

참새 몇 마리는 날아가며 발톱을 떨어뜨렸다 뒤따르
는 몇 마리가

머리 위로 날아간다

빼낸 티눈을 들고 가서 언덕에 묻었다 쳐다보니

구름이 가깝다

마른 쑥대는 한 해를 더 말라서 잘 부러지고, 바닥에
누운 것들은 밟히고

소금쟁이는 물 위를 걸어간다

물가 모퉁이에 큰 바위가 서 있어서 물은 꺾이며 돌
아가고

물소리보다 먼저 강이 흘러가서

서쪽이 붉다 서쪽이 붉은 여러 해의 저물녘을

여러 해 동안이나 바라본다

하루살이는 턱에 부딪쳤고 날아올라서 머리 위 하늘
에 모였다

발 벗고 걸어 들어가

물 안에 선다 물이 잔잔하고 물소리가 잠기더니, 희미
하더니

사라지고

조용하다 허리 꺾어서

강물로

이마를 씻는다

• 사인암(舍人巖): 아래에 사인정이 있다.

탐진강 38

물이 맑아서 얕다 손바닥을 가라앉히거나 손가락을
세워도 된다
손 씻고
손 넣어서 물 밑바닥을 만질 수 있다 물 밑바닥에 놓
인 돌을 집어서
손등에 얹고
물 마르는 돌을 지켜볼 수 있다
오랫동안 간절하면 마른 돌 한 개는 쥘 수 있을까,
손 말리고
말린 손을 몇 번 더 닦는다 그동안이 길어서 며칠이
느리게 갔고
강 빛이 깊어졌고 돌은 얇아서
돌을 띄워도
강은
물 위를 건너가는 돌이 환히 비치도록 맑다
하루만 더 기다린다
물 건너편은

주먹 안에 든 돌이 그러쥔 뼈에 닿기까지, 조금
멀다

탐진강 39

떨어져 있는 것들이 거기에 있고 가깝다. 참게가 사는 도랑과 도랑둑에 뚫린 게 굴과 덩굴이 발목을 감는 묵정지와 빈 쟁기를 뉘어둔 밭고랑이 나란하다. 건너편 솔밭에서는 꿩이 날고 꿩은 큰 소리로 울며 또 날고 왕거미가 죽어서 걸려 있는 거미줄에 배 불룩한 사마귀도 걸려 있다. 사마귀는 다리에 가시가 있고 암컷이 수컷을 먹어서 매섭다. 나는 물을 밟고 서서 그사이에 몸이 잠겼으니 처음으로 발을 벗고 건넌 저기서부터 흘러서 방금 발을 벗고 건넌 여기까지 흘러온, 해묵은 강에서 잔광이 빛난다.

탐진강 40

찬비 내리고 강물이 젖었다 강에 잠긴 산그늘을 바라
보았다

지금은 피곤한 사람들이 돌아오는 때이므로 길게 귀
기울이고

멀리서 오는구나, 생각한다 거기 어디서 신발 끄는 소
리 들린다

어느 날은 떠났던 사람이 되돌아와서 내 무릎을 베고
누우리라

나는 숙이고 그이의 발등에 겹쌓인 먼지를 여러 겹 닦
아내는

잠깐 손을 멈추고 쳐다보기도 하는, 하늘이 물빛인 하
루가 있다

탐진강 41

안개 끼는 철에는 강에 가서 아침에 안개에 덮인 강을
바라본다 풀잎과 이슬과 모래알과 돌멩이와 젖은 물기
를 만진다 안개 아래로 흘러가는 물소리를 듣는다

그리워했으므로, 그리움은 고되었으므로, 나는 손가
락이 야위었고, 지금 젖는다

안개가 걷히자 아침나절에 풀잎과 이슬과 모래알과
돌멩이가 마른다 강은 반짝이며 흐르고 갈 곳이 없는
사람은 강에다 대고 목 잠겨서 부른다 강이여, 강이여,

탐진강 42

야위는 어깨를 만지면서 며칠을 더 야위거나 살가죽에 말라붙은 살비듬을 쓸면서 한 철을 보낸다. 뼈가 가늘어지는 요즘에는 일찍이 밤이 와서 흘러가는 물소리가 한밤을 지나서 뻗치고 밤에 나는 새는 하얀 날개를 저으며 강을 따라 내려간다. 오늘은 어느 때에 밤이 오고 누구는 강으로 걸어가서 물속에다 뉘어둔 제 몸뚱이를 건져 올리겠는가, 한 사람이 저무는 물가에 서서 하늘을 쳐다보고 있다.

탐진강 43

햇살이 기울고 강은 빛나면서 오래 걸려서 비늘을 벗
는다

물굽이에 선 한 사람이 두리번거리다가 돌아다보는
거기에서
한 사람이 이마에 손을 얹고 바라보는
강은
휘었고, 여기에 있던 강은 흘러서 저기로, 저기로 흘
러간 강은 더 멀리로, 아주 먼 어디로 흘러가서
긴 흐름이 되기까지

한 사람은 몸을 낮추어 물 냄새를 맡는다

떠나지 않은 한 사람은 한밤에도 머문다 손바닥을 펴
서 머리 위를 덮은 어둠을 쓸고
구부려서
무릎 아래에 고인 암흑을 더듬는다

식은 등에다 한 사람이 물 젖은 손을 얹는다

탐진강 44

　며칠째 눈 내리고 눈발 속으로 날아간 새의 날갯짓이 묻힌다. 공중에도 눈은 쌓이어서 공중이 묻히는지를, 눈에 묻힌 공중에도 새는 깃드는지를, 새가 눈 씻고 눈 뜨고 눈자위가 밝아져서 눈 날리는 바깥을 내다보는 때인지를, 흩날리는 만 낱의 눈 조각들 사이와 사이에서 설레는 만 낱의 바람 조각들은 뒤치며 혹은 반전하는 것을, 눈바람 쏟아지는 강의 갓길을 가며 가리켜 보이는 저 강은 벌써 눈에 덮였고 눈은 더욱 내리고 쌓이어서 강을 묻은 그 다음에 눈에 묻힌 강을 디디며 강 위를 걸어가는 한 사람의 발자국을 한 자국씩 오래된 순서로 묻었고 또 묻고,

탐진강 45

가리킨다, 얼마나 먼 어디를 바라보는 눈길이 거기에 닿아서 음악이 되는가, 하고

먼 거기보다 더 먼 어디에 가닿는 음악이라야 긴 강을 길이 흐르게 하는가, 하고

그 강이 멀고 외진 땅을 흘러가는 때에 음악은 느리게 흐르고 조용히 저무는가, 하고

그중 낮은 땅을 적시며 흐르는 음악이 다 어둔 하늘 아래로 흘러가는 저 강인가, 하고

마지막에 기다리는 사람이 저리 먼 거기에 있어서 비로소 닿은 강에다 두 손 담그고

마침내, 가장 낮은 음악보다 더 오래 우는 속울음을 울고 있는가, 하고……, 가리킨다

탐진강 46

공중을 날고 있는 새는 날개가 길고 날갯짓이 느리다. 위에서 날고 있는 새의 아래에서 새 그림자가 날개 그림자를 저으면서 날고 있다. 높은 공중에 떠서 날고 있는 새와 낮은 공중에 떠서 날고 있는 새 그림자의 훨씬 아래에는 새 그림자가 또 하나 날고 있어서 제일 낮은 새 그림자는 강물 속을 난다. 눈 씻고, 물속에 나는 새를 본다.

탐진강 47

뒤쪽이 비고 쓸쓸했다 다 마른 잎들이 한 잎씩 떨어
져서

어깨와 등짝과 발등에 쌓이더니 발꿈치를 덮고 밟히
었다

공중에서 떠돌거나 맴을 돈 나뭇잎은 느릿느릿 떨어
졌다

뒤통수와 목덜미와 등허리와 발꿈치를 차례차례 스치
고는

아래로 떨어져 내려갔다 나는 잎이 지는 쪽으로 돌아
서서

숙이었다 잎은 더욱 아래로 떨어져 내려갔고 나는 굽
혔고

방금 저 아래에서 툭툭 마른 잎 내려앉는 소리가 그
쳤다

겨우 허리 펴고 먼 땅을 본다 떠난 강이 거기에 흐
른다

탐진강 48

추수가 끝났다 며칠이 더 지나간 하루에는 강물소리
가 잦아들면서 강 건너 들판이 비었고
하루가 더 지나간 이튿날은 하늘이 비었다
떠돌며 우는 까마귀떼는 울며 하늘로 날아갔고, 어제
는 참새 몇 마리가 종종거리며
들 바닥을 쪼았다
오늘은 내 차례이므로
뚝뚝히 본다
작은 새 한 마리가 발가락들은 오그려서 뱃바닥에 붙
이고 까만 두 눈은 동그랗게 뜨고
빈 들판의 빈 바닥에 누워서
텅 빈 하늘을 보고 있다
거기를 건너다보는 나와 거기서 눈 뜨고 죽은 새의 사
이로 강이 흐른다

탐진강 49

강에 와서 머문다
풀벌레소리와 물소리는 서로 가깝고, 하늘빛과 물빛
은 한가지로 푸른,
강이 제일 맑은
나날이 간다
얼마나 오래 걸려서 걸어온 첫날부터 날마다 강에서
는 놀이 타는가, 머리 위로 빠르게 날아간 새는
하늘에 박히어서 언제
빛나며
별빛이 되는가,
생각한다
오늘은
서쪽으로 흐른 강이 어느새 지는 놀 아래를 지나갔고
나는
귀 씻고, 눈 감고,
아까부터
어두워지며 반짝이는 물소리를 듣는다

탐진강 50

　저기를 흘렀다, 거기를 흘렀다, 여기를 흐른다, 여기와 저기를 흘러서 거기를 흘렀고, 여기와 거기를 흘러서 저기를 흘렀고, 거기와 저기를 흘러서 여기를 흐른다, 저기도 거기도 여기도 흘렀고 흐르고 흘러가는 어디이다, 그때도 당장도 다음도 흘렀고 흐르고 흘러가는 어느 때이다, 멀고 가까운 어디이고, 멀고 가까운 어느 때이다, 맞느냐, 라고 되묻는다면, 언제에는 어디를 흘렀고, 언세에는 어디를 흐르고, 언제에는 어디를 흘러가겠느냐, 고 한 번 더 대답한다. 물 한 주먹 쥔다.

탐진강 51

　눈송이들은 수 없고 수 없이 떨어져 내리고 수 없이 빠져 죽고, 가라앉아서 물 아래 바닥에 쌓이고…… 작고 까만 것이, 돌멩이 같고 새인 것이 날아와 창유리에 부딪친다. 그때에 그가 밖을 내다보며 목이 쉬어서 말했다. "밤이 되면 강바닥이 환해!" 눈은 그 사이에 내가 걸어온 발자국들을 묻었고 어느새 돌아갈 길을 묻기 시작한다. 나는 눈 감고 더듬대며 걸어가는 눈 못 보는 자가 된다.

탐진강 52

땅은 오랫동안 깊어져서 샘이 되었겠지, 샘은 깊어져서 물이 고이기까지 얼마나 기다리었는지, 영암땅 한 끝에 엎드려서 찬 샘물 한 모금 들이켜고 장흥땅에도 강진땅에도 찰찰이 차오른 물빛을 디디며 간다. 눈물 한 움큼 움켜쥐고 걸어서 갔던 옛일이 아니다. 돌 한 개 집어서 쥐고 오래 걸어서 발바닥이 닳은 다음에도 해진 발바닥 부딪치며 걸어서 물길을 따라간다. 소식보다 먼저 가서 앞에 간 사람도 있고 소식 없이 뒤따라오는 뒤에 오는 사람도 있어서 저마다 돌 한 개씩은 쥐고 걸어서 가는, 걷는 사람들이 걸어서 가며 앞과 뒤를 잇는, 처음부터 흘러서 길게 흘러간 멀리까지, 물 흘러서 왔고 물 흘러서 가는, 강이 견고하다.

탐진강 53

몇 해 동안인가 오래 흐른 다음 해에는 한 해를 더 흘러서 먼 어디로 흐르는 강을,

멀리 흐른 다음 해 뒤에는 또 한 해를 이어 흐르는 강이 흐르는 소리는 조용한가를,

한 해를 더 이어 멀리로 흐른 다음에 한 해를 더 이어서 흘러가는 강은 간절한가를,

강빛 맑은 다음에, 강소리 밝게 들리는 다음에, 당신이 맑아지고 밝은 다음 해에는,

한 해만 남은 해가 다 가기 전까지 강 따라가며 흐르는 한 사람이 마저 간절하도록,

거기가 어디인가 모르는 어느 곳에서 거기가 어디인가 모르는 어디로 흐르는 강을,

탐진강 54

풀벌레 우는 소리가 많다
작고
날개는 반짝이고
더듬이는 긴 놈들이다
긴 뒷다리는 꺾어서
세우고
주둥이는 바닥에다 대고
엎드려늘 있을 깃이디
어디 있는가
하고
둘러본다
온,
들판이 한눈에
보인다
그 많은
물줄기가
다,
보인다

탐진강 55

추운 강이 흐르는 석대들[•]을 건넌다
간 여름부터 들판에 빗소리 자욱했지만
겨울에는 찬비가 등 뒤로 내리는 것을,
돌아보면 춥게 젖는 것을,
춥지만 젖어도 돌아보게 되는 것을,
돌아보면 비는 내리어 들판을 적시고
들판 건너 저 강은 떨며 젖는 것을,
젖는 강이 또 춥구나, 돌아다보는

• 동학농민군의 마지막 격전지.

탐진강 56

헛일이었다, 하지 않아도 되었다, 고개를 젓는, 더는 잃을 것 없는, 비운, 빈, 여러 해를 헤매며 시를 놓친 다음인, 오래 받쳐 든 손바닥이 야위더니 금이 가는, 살은 말랐고 뼈는 집히는, 내가 가벼운, 가벼움만 남은, 마지막이리라, 돌멩이 한 개 집어서 물 위에 올려놓고 아무 생각 없이 바라보는, 물소리는 흘러가서 없고 나는 조용한……,

탐진강 57

낮은 구름 아래로 걸어가서 오래된 돌을 주웠다 거미
가 줄을 늘이며 내려오는 저녁에 걷다가 멈칫 멎었고,
강과 물은 어둡다

돌 속에서 이끼가 자란다

불을 켜지 않는다 눈이 먼 사람과 눈 아래가 검은 사
람과 오래 바라보던 사람과 미리 마중 나와서 기다리는
사람을 생각한다

사람 몇이 드문드문 있다

비가 내리고 강은 젖고 있는 한밤에 나는 어깨뼈가 젖
어서 아직 젖으며 흘러가는 강물을 본다 젖은 돌에서
이끼냄새가 난다

탐진강 58

머리카락 한 개 뽑아서 든다 머리카락은 희끗희끗하
고 머리카락 아래로 흘러가는 강은 오래 묵었는데

발꿈치에 강물이 닿는 여기서부터 바람 냄새 나는 저
기까지가 남은 길이다 한 사람은 앞서서 걸어갔고

여러 해 걸려서 걸어온 긴긴 길이 한꺼번에 저문다 날
벌레들 일굴에 부딪치고 먼지 내려 발등에 쌓인다

앞서서 걸어간 한 사람을 뒤따라서 걷는 한 사람은 먼
데에서 돌아서더니 나를 본다 그래서 나도 저문다

가까운 데는 침침하고 어중간한 저기는 어슬하고 소
리쳐 불러도 목소리가 먼저 잠기는 먼 데는 어둑하고

더 멀어서 더 어두운 길은 물소리에 잠겼다 가장 먼
데는 캄캄한데 한 사람은 되돌아서더니 걸어간다

탐진강 59

지극한 곳이었으면 했다. 찬 볕과 마른 풀과 풀벌레소리를 쓸어내고 찬 볕도 마른 풀도 풀벌레소리도 없는 적막을 마저 쓸어낸 다음에는 잘못 밟았던 돌부리와 돌부리가 묻혔던 자국을 파내어서 판판하게 골라두고 싶었다. 넘어져서 일어나지 못할 때에, 그리움보다 긴 시간을 누워서 기다릴 때에, 먼저 간 사람의 별은 문득 가까워지며 문득 찬란하고, 베고 누운 땅 아래로 바람 지나가는 소리가 들리는, 바람 지나가는 소리 아래로는 강물소리가 흘러가는……,

탐진강 60

바람이 쓸고 지나간 자국에 서릿발이 흩어져 있다 언
강의 얼음장 밑에서 물 흐르는 소리가 난다

여자가 죽은 밤에 무릎 꿇고 여자의 발바닥을 닦았다
옆구리가 결려서 갈비뼈를 한 개 더 빼내고

나는 넘어졌다

어디를 디디어도 발바닥이 식었다 날은 빠르게 저물
고 추운 땅을 걷다가 또 넘어진 날에
나의 뒤쪽 어디에서 물 흐르는 소리가 났다
나는 여자가 부르던 이름이었구나,
주먹 쥐어 입 틀어막고 물에다 얼굴을 묻었다 울음 우
는 나의 얼굴은 지금도
강에 잠기어 있다

날리며, 떨어져 내리는 눈송이송이들이 등을 덮는다
나는 묻힌다

탐진강 61

시냇물에 씻긴 자갈돌이 차갑거나, 댐에 고인 물속에 만월이 가라앉아 있거나, 봇물이 넘치거나, 새벽 눈 내리는 들판에 옛 농민군이 세운 깃발이 누워 있거나, 정자 아래 물굽이에서 올려다본 큰 바위가 높거나, 하구에 이르니 바람과 물이 섞여 흐르며 갈밭이 서걱대거나, 하는 일들이 나에게는 익숙해서

말을 줄이고 글을 끊는다, 하나, 그렇게는 끝나지 않는다.

날빛 들고 햇살이 고루 퍼지면서 강진만 건너에 보이는 동백숲에서는 동백꽃 떨어지는 소리 들리고, 초당의 낡은 그늘에 고인 샘물은 해맑아지는 기색이더니, 포구로 밀려드는 갯물에서 물고기들이 튀어 오르고 비늘빛이 반짝인다. 강의 끝에서 발길을 돌리지 못했으므로 물빛을 따라가며 걷는 일이 남았다.

'너와 나의 사이'를 들여다보는 강
—위선환의 '탐진강' 연작

정상철 · 언론인

탐진강, 하고 낮게 불러보면 말 속에서 강이 흐른다. 아주 오래전 하루라도 탐진강을 보지 못하면 강이 눈에 밟혀 마음이 헛헛하던 때가 있었다. 일없이 강에 나가 책을 뒤적이거나 강둑에 누워 잠을 잤다. 사람들이 떠난 새벽에 겨우 일어나 수음을 하기도 했다. 어느 때는 조용히 흘러와서, 흘러가는 강물로 돌을 던졌다. 강물은 늘 파문을 일으켰지만 내 안에서는 어떤 파문도 일어나지 못했다. 다만 어느 자리에서건 눈을 감으면 겸허의 문양을 새기며 흐르는 그 강이 보였다.

20년쯤, 시간이 아주 많이 흘렀다. 쉼 없는 시간을 어쩌지 못해 장흥을 떠났고, 매일 탐진강을 볼 수가 없게 됐다. 눈을 감아도 이젠 그 강이 내게로 흘러와주지 않는다. 탐진강이 정말 보고 싶을 때 위선환 시인의 여러 시집들에 조금씩 흩어져 있는 탐진강 연작들을 꺼내 읽는다. 위선환의 시를 읽으면 다만 며칠은 탐진강이 보였다. 다행이었다. 이제 탐진강 연작들로만 묶인 시집이 한 권 세상에 나온다. 시집을 펼치면 강물 흐르는 소리가 들리겠다. 정말 다행이다.

위선환의 탐진강 연작들을 들여다보고 있으면 강만 보이는 게 아니다. '너와 나의 사이', 그러니까 강을 통해 함께 흐르는 모든 생명들의 관계가 보인다. 탐진강 강둑에 가면 누구나 알 수 있다. 나와 강이 멀지 않다. 좁은 강폭 때문만은 아니다. 강 옆의 모든 목숨들이 서로 단단하게 몸을 붙들고 있다. 물풀과 피라미가 그렇고, 강과 논이 그러하며, 강과 사람이 또한 그렇게 얽힌다. 강은 논물로 변하고, 모 심긴 논은 농민들의 가장 고단한 문장이다. 단언컨대 탐진강은 눈으로 보거나 귀로 듣는 강이 아니다. 자기 안을 들여다보는, 너와 나의 사이를 들여다보는 그런 강이다.

나날이 물빛이다. 강둑에 앉아서 보니 한 무리 소떼가 눈 아래 풀밭을 뜯는데, 등줄기에 떨어진 햇빛이 탁탁 불티를 튀기며 타고 있다. 몇 마리는 물속에 무릎을 담그고 서서 긴 숨으로 물을 들이켠다. 물가에 머문 것이 며칠째인가. 여러 날째 물빛에 씻긴 몸통 속으로 한 줄기씩 물줄기가 흘러드는 것이 보인다.

　어느새 어두워지고, 물소리 적적해지고, 검은 산봉우리들 이 한 봉우리씩 소 등에 실려서 산 밑 마을로 돌아가고 있다.
—「탐진강 12」 전문

　강과 소가 있다. 강과 마을이 있다. 삶과 죽음이 있다. 나와 네가 있다. 강물 속엔 뼈가 흐르고, 사람의 몸속엔 피가 흐른다. 관계는 점점 확장된다. 그 사이로 스미면 모든 생명들의 가슴이 두근거릴 것이다. 심장 뛰는 소 리가 우레처럼 늘릴 것이고, 새의 혓바닥 같은 작은 문 자의 먹물 점들이 획을 거쳐 문장의 형태로 번져나갈 것이다. 몸의 떨림이 생의 떨림으로 변할 것이다. 그리 하여 "검은 산봉우리들이 한 봉우리씩 소 등에 실려서 산 밑 마을로 돌아가고" 있는 모습이 솟아날 것이다.

　눈을 감으면 보인다. 화선지 여백으로 번지는 먹물들. 그 '번짐'을 생명이 세상 이쪽 혹은 저쪽으로 스미는 과 정으로 치환한 것이「탐진강 12」다. 소떼는 강둑의 풀을 뜯고, 강물을 마시며 산다. 그것을 여러 날 반복하면 소의 몸 안에 강물이 고인다. 소가 강물을 마실 때, 물 위에 떠 있는 산 그림자도 함께 마신다. 소의 몸속에 산봉우리도 들어앉는다. 소가 산 밑 마을로 돌아갈 때 산봉우리도 함께 움직인다. 강과 관계 맺은 모든 생명들이 그러하듯, 소는 그 자체로 하나의 세상이다.

강으로 뻗은 관계들

위선환의 시를 처음 만난 게 언제였던가? 2001년이었다. 문학평론가 김형중이 《전라도닷컴》에 쓴 위선환의 첫 시집 『나무들이 강을 건너갔다』(한국문연, 2001)에 대한 서평을 통해서였다. 김형중은 위선환의 시 「이슬」을 두고 이렇게 썼다.

제기랄, 말을 다루어 업으로 삼는 이치고 제 말보다 더한 말을 보고 질투하지 않을 이 몇 없을 터이니, 나는 부르르 오금이 저렸다. 우주의 섭리에 대한 인간의 초라한 추구와 경외를 이슬을 향해 턱 밑에 바친 손바닥 두 개로 이처럼 아름답게 묘파해놓았으니 내 말이 그의 말을 당할 재간은 없어 보였다. 이럴 땐 고개를 숙이는 게 상책이다. (…) 몇십 년을

숨어 지내던 천재가 이제 시집을 냈는데, 그 시집 또한 우레와 같으니 장담컨대 당분간 문단이 좀 떠들썩하겠다. 지금 누리고 있는 저잣거리의 명성과, 내놓은 시집의 권 수, 혹은 인연의 색안경으로 시를 보지 않는 이들이 아직 있다면 말이다.

당장 서점에 가서 『나무들이 강을 건너갔다』를 샀다. 읽는데, 뒤통수를 후려 맞는 느낌이었다. 그렇게 탐진강 연작도 처음 만났다. 그와 나는 같은 장흥 사람이었다. 그와 나 사이에는 탐진강이 흘렀다. 그의 시를 읽다 보면 내 안에 있는 탐진강이 그에게로 옮겨가고, 그 안에 있는 탐진강이 내게로 옮겨오는 것이 느껴졌다.

시간이 조금 더 흘렀다. 2005년 위선환 시인과 처음 만났다. 그냥 만난 것이 아니리 탐진강의 시작과 끝을 보러 가는 길에 동행했다. 강을 옆에 두고 함께 걸었던 이틀 동안의 시간은 우리가 강으로, 강이 우리에게로 스미는 시간이었다. 첫날밤이었다. 위선환 시인과 나는 고향의 지인들과 섞여 늦게까지 술을 마셨다. 사실 과음한 쪽은 나였고, 그는 자리만 지켰을 뿐 술은 거의 마시지 않았다.

밤이 너무 깊고 날이 저 혼자 환해지고 있었지만 그는 좀처럼 잠들지 못했다. 탐진강의 처음을 본 것은 그의 일생에도 그날이 처음이었다. 나 역시 마찬가지였다. 두어 시간 눈을 붙이고 일어났을 때 그는 짧은 문구 하나를 적어 내밀었다. 아마도 영 잠을 못 이룬 듯했다. 그 쪽지를 아직도 가지고 있다. 내용은 이러했다.

건너다보면 강의 건너편이 저만치 보이고, 그 건너편에 서 있는 사람이 누군지 모르지만 그냥 낯설 것 없어서 "어이" 하고 손들면 그 사람도 "어이" 하며 손들어주는 강.

그가 밤새 '강과 함께 앓았겠구나!' 싶어서 마음이 밟혔고 그저 안쓰러웠다. 그리고 이태 뒤 시집 『새떼를 베끼다』(문학과지성사, 2007)에서 그 문구를 다시 발견했다. 흘러간 시간은 짧았던 단상을 어느새 하나의 정신으로 변모시켜놓고 있었다.

또 그는 떠나겠다 하고 나는 그의 어깨에 걸었던 팔을 내린다
오직
강이 남았다

누구인지 물 건너에 서 있어서 손 치켜들며 소리쳐 어이,
부르면 손 마주 치켜들며 소리쳐 어이, 대답하는
그
江,

—「탐진강 21」 전문

누군가 떠난다. 그것이 영영 가는 길이건 잠시 다니러
가는 길이건 상관없다. 남은 사람은 어깨를 풀어줘야
한다. 마음 허전하겠다. 강 건너 흐릿하게 보이는 누군
가가 있다. 모르지만 서로 잘 안다. 탐진강 주변에서는
오직 강만 남아 선부를 이루르고 있다, 강에 몸을 기댔
다면 모두 한 방향으로 흐른다. 이쪽에서 "어이" 부르면
저쪽에서도 "어이" 하고 받는다. 그게 탐진강이며 남쪽
사람들의 관계다.

저 강에 그림자가 비쳤다

저 강은, 저 강에서도 아직 먼 한 사람을, 그 사람은 당신
을, 당신은 나를
나는 흘러가는 저 강의 뒷모습을

목숨 끊듯

간절하게 바라보는

며칠이 지났다

―「탐진강 23」 전문

위선환의 시는 '강'을 그저 '강'이라고 쓰지 않는다. 그의 시는 강의 풍경에 눈을 주지 않는다. 강물과 함께 흐르는 온갖 것들이 만나 관계를 맺으며 서로가 서로를 받아들이다가 몸살을 앓는 과정에 대한 기록이 위선환의 탐진강 연작이다. 몸살의 부대낌 속에서 서로 모난 것들은 덜어지고, 부드러운 강물의 뼈만 남는다. 기어이 강은, 그 강과 관계 맺은 모든 생명들은 유순해진다. 탐진강에 서서 먼저 보아야 할 것은 서로에 대한 위안이며 삶의 결속이다. 위선환이 왜 그 강의 처음과 끝을 보고 밤새 앓으며 잠을 못 이뤘는지 「탐진강 23」을 보고 나서야 조금은 알 것도 같았다.

오래 흐르며 생의 진동을 느끼는 '몸살'

첫 시집에서 시작해 위선환이 탐진강 연작을 완성하

기까지 걸린 시간은 꼬박 15년이다. 그러나 15년이라는 시간의 수량은 단순 계산의 오류다. 사실 탐진강 연작은 역설적이게도 그가 아주 시를 버리던 그때 시작됐다. 지금으로부터 45년 전쯤, 그러니까 그가 아직 20대의 끝자락에 있을 때, 그는 많이 아팠다. 그 오래된 아픔들은 시간이 흘러도 무뎌지지 않고 탐진강 연작 시편들 속에 고스란히 들어앉아 있다.

위선환 시인에게서 그 시절 이야기를 생생하게 전해 들은 적이 있다. 옮기면 이렇다. 그는 가난했고, 시에 생을 의탁할 형편이 아니었다. 무엇보다 언어에 대한 해답 없는 고민이 너무 깊었다. 창살은 없지만, 출구 역시 없는 언어의 감옥에 그는 꼼짝없이 갇혔다. 광대뼈가 불거지고 사지가 가늘어지고 밤잠을 못 이루며 환청에 시달렸다. 끊임없이 기침을 하고, 몇 끼니를 건너뛴 채로 밤낮없이 술을 들이켰다. 이러다 죽지 싶었다. 죽음이 가깝게 보일 때 반작용으로 삶에 대한 욕구도 커졌다. 어느 날 그는 시를 아주 버릴 요량으로 탐진강을 향해 막차를 탔다. 그는 강물에 언어를 투신시켰고, 시를 완전하게 끊었다. 언어(시)가 대신 죽고, 사람은 살아남았다.

탐진강 연작이 "나 말고도 투신한 사람이 있다. 벼랑 밑 깊어진 물속이 퍼렇게 멍들어 있다."로 시작하는 것은 우연이 아니며, 오래 죽어 있던 언어와 함께 아팠던 시간의 상처들을 건져 올리는 일종의 의식이었다.

　강이 오래 운다. 잊었겠는가. 풀밭에 한 사람이 눕던 것을, 언제나 아프던 것을,

　강 허리에 은비늘 몇 돈는다. 물속까지 흐른 버들가지에 초록색 이파리들이 한 잎씩 피더니 버들잎 아래로 피라미 떼가 지나가며 물길을 내고, 이내 번뜩이는 꼬리들을 맞부딪치면서 자갈돌 흐르는 여울바닥을 거슬러 오른다. 자갈바닥에서 피라미들이 닳고 있다. 파란 턱뼈와 핏발 밴 아가미가 비치고 지느러미는 이미 물빛이 되었다. 오래지 아니하여 비늘들이 다 갈라지고 생살이 해져서 자잘한 가시들이 드러나리라. 벌써 여울목에 가시가 걸리더니 잔가시에 찔린 물살들이 저민 듯 붉어지면서 물줄기가 흥건해졌다. 사람이 또 아프겠다.

　어두워지기 전에 미리 가서 기다린다. 어제 던진 조약돌들이 저무는 물바닥 위를 잔달음질로 건너가고 있다. 기억은 수도 없이 동그랗게 물무늬를 그리고. 강은 목메고, 운다. 등을 굽히고 일어서면 강이 업히는 것을, 등이 흠뻑 젖어서 무

너지는 것을,

—「탐진강 2」 전문

1969년 위선환이 탐진강에 언어를 투신시키고, 다시 30년이 지났다. 늙은 몸이 강물에 비쳤다. 그는 강물과 함께 오래 흐르고 있는, 저 옛날 자신이 버렸던 언어를 다시 건져 올릴 생각이었다. 강물 속에서 언어를 건져 올릴 때 강이 먼저 울었고, 그는 따라 울었다. 강도 사람도 함께 안쓰러웠다.

어떻게 강이 잊었겠는가? "풀밭에 한 사람이 눕던 것을, 언제나 아프던 것을", 결과적으로 탐진강은 그를 살렸다. 강은 젊어서 떠나 늙어 돌아온 그를 받아준다. 위선환이 품고 있는 과거의 기억을 아직 품고 있는 강은 돌아온 그 앞에서 "수도 없이 동그랗게 물무늬를 그리고. 강은 목메고, 운다." 강은 품이 넓다. 다만 울어주는 것에 그치지 않고, 그가 "등을 굽히고 일어서면 강이 (늙은 그의 등에) 업"혀준다. "등이 흠뻑 젖어서 무너지는 것"은 강에 담긴 시간의 무게 때문만은 아니다. 위선환에게 탐진강은 아픈 희망이다. 무너진 뒤에야 다시 일어설 힘이 생기는 것이고, 강을 등에 업었으니 이제 그에게 남은 일은 시심(詩心)으로서의 탐진강을 길어다

쓰는 것이다. 서로 울면서 그와 강은 함께 행복했다.

깊어진 것이 무엇인가

헤아려보아야 고작

속내거나 골이거나 주름살이거나

아니면 그리 아픈 그리움일 것인데

장흥읍에 가서 보았다

깊어진 사람이면 똑같이

들여다보며 사는 것

사람들은 하나씩

강을 기르고 있었다

—「탐진강 13」 전문

　　강은 오래 흐르며 생의 진동을 느끼는 '몸살'을 앓는다. 사람도 함께 앓는다. 강과 사람은 끊임없이 몸의 대화를 나누며 서로 닮아간다. 30년 만에 그 강에 다시 돌아온 사내는 '깊어짐'에 대해 생각한다. 깊이 안에는 강의 깊이와 사람의 깊이가 공존한다. 그리고 그는 본다. "깊어진 사람이면 똑같이/들여다보며 사는 것"을. 그

당연하지만 쉽게 보이지 않는 발견 위에서 강과 사람의 관계 전환이 일어난다. 강만 사람을 기르는 것이 아니라 사람들도 "하나씩/강을 기르고 있었"던 것이다.

가끔 장흥에 가면 탐진강 바로 옆에 있는 장흥 장터를 서성인다. 사람들의 흥정 소리 속에 조용히 흐르는 강물 소리가 스며든다. 장터를 떠다니는 사람들의 얼굴을 하염없이 바라본다. 얼굴 주름에 새겨진 삶을 들여다본다. 얼굴 속에는 각자의 굴곡 짙은 인생이 깊게 담겨 있다. 그 얼굴들만 훔쳐보고 있어도 '이 세상이 살아볼 만하다'고 느껴진다. 왜 아니겠는가, 늘 모래바람이 몰아치는 뜨거운 사막 위를 낙타처럼 뚜벅뚜벅 걸어가야 하는 생의 무게를 견뎌내려면 제 인에 강을 하나씩 길러야 하지 않겠는가? 장터에서 만나는 사람들의 얼굴로 그렇게 강이 흘렀다.

몸살의 끝에는 치유가 있고, 면역도 생긴다. 생의 몸살도 다르지 않다. 오래 앓은 위선환은 이제 역으로 막힌 강을 위로한다.

장흥댐, 고인 물에

살던 동네가

가라앉아 있다

들여다보면

골 붉은 감들이 아침 햇살을 받고 있는, 갓 쓸어놓은 마당
이 무 잎처럼 푸른,

아궁이에서 발간 불빛이 새어 나오는,

사람은 없는,

깊은,

어제 던진 돌멩이가

아직

내려가고 있는,

—「탐진강 25」 전문

그 강이 막히던 때를 기억한다. 사람들이 울었다. 300년
을 마을과 함께 살았던 당산나무가 잘려나가고, 먼 곳
의 소식을 전해주던 우체국이 헐렸다. 밭이 잠기고, 논
이 잠기고, 집이 잠기고, 길이 잠기고, 산이 잠겼다. 그
공간에서 부대끼고 살았던 사람들의 쌓인 이야기들도
함께 잠겼다. 잠긴 것은 사람의 흔적만이 아니었다. 장
흥댐이 막아진 곳에서 강도 잠겼다. 강물을 모아놓은
댐은 물의 흐름을 지우고, 끝내 강을 세상에서 묻었다.
흐를 수 없으므로 강은 이제 강이 아니었다.

위선환은 언어를 통해 강을 다시 살려놓는다. 물속에

서 "골 붉은 감들이 아침 햇살을 받고", "갓 쓸어놓은 마당이 무 잎처럼 푸"르고, "아궁이에서 발간 불빛이 새어" 나온다. 댐에 고인 물은 한때 사람의 강이었다. 물은 사람의 숨결을 기억한다. 그리고 거짓말처럼 막힌 장흥댐 너머에서 강은 다시 흐른다. "어제 던진 돌멩이가/아직/내려가고 있는" 것은 어쩌면 강이 끝나지 않았기 때문이다. 다만 수직의 흐름과 수평의 흐름이 다를 뿐인데, 돌멩이는 하염없이 내려가 탐진강의 끝인 구강포까지 강물과 함께 흐를 것이다.

물의 흐름

탐진강은 140리다. 영암 궁성산 범바위골의 성터샘에서 발원해 아홉 개의 강물이 만나는 강진 '구강포'에 닿는다. 구강포는 바다도 아니고 강도 아니다. 밀물 때는 바다였다가 썰물 때는 또 강이 된다. 탐진강은 구강포에서 강진만을 만나 긴 물의 흐름을 끝낸다. 현상적으로는 그렇다. 그러나 눈으로는 보이지 않는 현상 이면의 세계에서 탐진강의 물길은 전혀 다르게 흐른다.

세류리 뒷등을 짚고 넘어가서 찾아낸 탐진강 발원은 속눈
썹이 겨우 젖는 작은 틈새기였다. 풀뿌리와 나무뿌리에서 한
방울씩 듣는 실물줄기가 조금씩 골을 파며 흘러내리고 흐르
는 실물줄기에 실려서 가늘게 우는 풀벌레소리도 흐르더니,
이어지는 물길이 풀밭이며 자갈밭에 젖는 냇물로 흐르거나
구름덩이가 떠 흘러가는 강물로 흐르면서는 흘러가는 물소
리야 그냥 흘려보내야 했지만, 풀벌레소리는 지나는 물굽이
와 들녘과 산자락 여기저기에다 남겨두었다.

—「탐진강 6」 부분

위선환의 연작시들을 보면 강의 흐름이 확연하게 보
인다. 물은 그저 흘러갔지만 "풀벌레소리는 지나는 물
굽이와 들녘과 산자락 여기저기에다 남겨두었다." 강은
그렇게 현상에서 발원해 현상 이면으로 저문다.

탐진강을 들여다보며 사는 사람들은 모두 강돌 하나
씩을 가슴에 품고 있어서 강이 흐르면 함께 흐른다. 같
은 강이지만 사람이 품은 강의 이미지에 따라 강은 다
르게 흘렀다. 200년 전 강진에 유배됐던 한 사내는 매일
같이 다산초당의 정자에서 멀리 흐르는 탐진강을 내려
다봤다. 강을 보며 흑산도로 유배 간 형, 정약전을 떠올
렸다. 다산에게 탐진강의 흐름은 강진만에서 끝나는 것

이 아니었다. 강이 바다에 들어서도 흐름을 멈추지 않고 계속 흘러 흑산도까지 닿을 것으로 믿었다. 다산은 자신이 강물이 되면 언제고 살아서 형을 만날 수 있을 것으로 생각했다. 갇힌 몸으로 눈부신 학문적 갱신을 이룬 다산의 숨결 속에도 강이 있었고, 『목민심서』 안에도 탐진강은 길게 흐르고 있다. 오래 강을 지켜본 위선환은 강이 어디에서 시작해 어디로 흐르는지를 알고 있었던 것 같다.

저기를 흘렀다, 거기를 흘렀다, 여기를 흐른다, 여기와 저기를 흘러서 거기를 흘렀고, 여기와 거기를 흘러서 저기를 흘렀고, 거기와 저기를 흘러서 여기를 흐른다, 저기도 거기도 여기도 흘렀고 흐르고 흘러가는 어디이다, 그때도 당장도 다음도 흘렀고 흐르고 흘러가는 어느 때이다, 멀고 가까운 어디이고, 멀고 가까운 어느 때이다, 맞느냐, 라고 되묻는다면, 언제에는 어디를 흘렀고, 언제에는 어디를 흐르고, 언제에는 어디를 흘러가겠느냐, 고 한 번 더 대답한다. 물 한 주먹 쥔다.

—「탐진강 50」 전문

강은 그저 흘렀다. 어느 한 순간도 쉬지 않았다. "저기, 거기, 여기"에서 함께 또 따로 흘렀다. 어디에서 강이 흐르는지를 따지는 현상적 장소성은 중요하지 않다. "흘렀고"라는 과거와 "흐르고"라는 현재 혹은 흐를 것이라는 미래, 즉 시간을 분절시켜 때를 따지는 것도 중요하지 않다.

다만 중요한 것은 강이 흐르고 있다는 사실과 현상 이면에서 "어디"를 흐르는가의 문제이다. 강은 "그때도 당장도 다음도 흘렀고 흐르고 흘러가는 어느 때이다, 멀고 가까운 어디이고, 멀고 가까운 어느 때"를 흘렀다. 강에 대한 모든 눈에 보이는 현상적 질문은 무의미하다. 다만 각자 기르고 있는 탐진강에서 물 한 주먹 쥐면 강도 사람도 깊게 통한다. 200년의 시차를 두고 만난 위선환의 강과 다산의 강이 다르지 않은 것이다. 탐진강은 그렇게 사람 속으로 흘렀고, 사람을 통해 각자 흐르던 물길들은 서로 만난다.

강의 흐름에 대한 그 진실을 알아차리고 위선환은 "소식보다 먼저 가서 앞에 간 사람도 있고 소식 없이 뒤따라오는 뒤에 오는 사람도 있어서 저마다 돌 한 개씩은 쥐고 걸어서 가는, 걷는 사람들이 걸어서 가며 앞과 뒤를 잇는, 처음부터 흘러서 길게 흘러간 멀리까지, 물 흘러서 왔고 물 흘러서 가는, 강이 견고하다."(「탐진강

52」)는 지극히 아름다운 강물의 문장을 완성시킨다.

조약돌들이 모여서 빛났다 여울에서는 물살들이 부딪치고
부서져서 유리 조각 같은

물의 파편들이 빛났다

부르는 목소리는 야위면서, 대답하는 목소리는 모퉁이를
돌아가면서, 부르고 대답하는 메아리는 길게 휘면서

사라지는 것들이 빛났다

떠나가며 손바닥을 치켜들었으므로 마주 손바닥을 치켜들
었고 손금은 손바닥에다 골을 팠으므로

골물들이 모이고 고여서 손바닥이 잠기었다

잠긴 손바닥이 가라앉으며 물은 깊어지며 물 흐르는 소리
가 들리는,

물 흐르는 소리 아래로는 물소리보다 깊이 흐르는 물줄기

가 흘러가며, 맑아지며, 환한,

흘러가는 강이 빛났다

—「탐진강 35」 전문

"사라지는 것들이 빛났다"던 위선환의 문장 앞에 서면 분노와 무력함에 대해 혼동하던 시절의 탐진강이 떠오른다. 강에 미쳐 있던 시절이었고, 강물을 보며 조심스럽게 세상을 알아가던 '고딩' 시절이었다. 아마도 강물 위에 어린 달그림자 탓이었을 것이다. 몇 명의 친구 녀석들과 탐진강으로 풍덩 들어갔다. 기억한다. 그날은 5월 17일이었다. 오월의 강물은 차갑고 또한 아늑했다. 강물을 나온 뒤 모의가 시작됐다. 우린 아주 갑자기 망월동행에 합의했다.

다음 날 광주로 가는 버스에 올랐다. 그때 학교에서는 중간고사가 치러지고 있었다. 광주의 지리를 잘 몰랐고, 몇 번의 질문 뒤에야 망월동에 도착했다. 이미 늦은 오후였다. 무덤들을 안고 하루의 밤을 지새울 생각이었다. 그때 우린 어렸고, 아직 세상의 복잡한 흐름을 잘 몰랐다.

망월동과의 첫 대면, 무덤들이 흰 그늘 같았다. 죽음

의 색을 덮고 침묵하던 시간들. 눈물도 나오지 않았고 다만 망월동을 몰랐을 때보다 가슴 한쪽이 조금 더 허전해졌다. 어느 무덤 앞에서 촌로를 만났다. 그렁그렁한 눈으로 비문을 쓰다듬는 손이 떨렸다. 무덤의 주인은 1980년 5월 고등학생이었던 촌로의 아들이었다. 목숨이 대수롭지 않게 치부되던 금남로에서 촌로의 아들은 피의 꽃이 되었다.

뛰쳐나가는 아들을 붙잡았는데, 어린 아들의 마지막 질문이 손의 힘을 스르르 풀리게 했다. 그 말은 "친구들이 다 죽는데 나만 살라고요?", 유언 같은 문장을 남긴 촌로의 아들은 날이 밝도록 돌아오지 않았다. 촌로를 만나고 결국 우리의 모의는 실패했다. 날이 저물고 슬그머니 망월동을 빠져나왔다. 어둠 속에서 망월동의 죽음들을 정면으로 대면할 자신이 우리에겐 없었다. 그 일은 달빛의 영역이었다.

그렇게 도망치듯 망월동을 빠져나와서 가장 먼저 찾아간 곳이 탐진강이다. 모의가 시작됐던 곳에서 모의가 끝났다. 어느 순간 물 흐르는 소리가 깊어졌고, 강이 말을 걸어왔다. "사라지는 것들이 빛났다"고. 죽음 위에서 삶이 피어나는 것이 역사이므로 위로가 됐다. 세상에 궁극의 위로 같은 것은 없는 줄 알았는데, 그런 위로가 있었다. 강이 환했다. "흐러가는 강이 빛났다", 오래 빛났다.

말을 줄이고 글을 끊는다, 하나, 그렇게는 끝나지 않는다.

　날빛 들고 햇살이 고루 퍼지면서 강진만 건너에 보이는 동
백숲에서는 동백꽃 떨어지는 소리 들리고, 초당의 낡은 그늘
에 고인 샘물은 해맑아지는 기색이더니, 포구로 밀려드는 갯
물에서 물고기들이 튀어 오르고 비늘빛이 반짝인다. 강의 끝
에서 발길을 돌리지 못했으므로 물빛을 따라가며 걷는 일이
남았다.

―「탐진강 61」 부분

　2001년 위선환의 탐진강 연작을 처음 만나고 13년의
시간이 강물처럼 흘러갔다. 그 시간 동안 늘 궁금했다.
시가 된 탐진강은 과연 어떻게 끝을 맺을까? 그는 강의
끝까지 갔다. 그러나 "강의 끝에서 발길을 돌리지" 못했
다. 그리고 "물빛을 따라가며 걷는 일이 남았다"고 진술
한다. 놀라웠다. 끝에 가서 끝을 확인하지 못하고, 다시
되돌아 물빛을 따라 걷는 일이 남았는데, 진술의 문장
이 너무 담담했다.
　위선환은 30년 동안이나 시를 끊었다. 그는 떠나면서
문학판에 스미기 시작하던 제 그림자까지 완전하게 거
둬 가버렸다. 탐진강 연작은 30년 동안의 그 오랜 공백

의 간극을 잇는 의도의 산물로 읽힌다. 그가 시를 끊었던 30년의 시간 위로 강은 조용히 흘러갔다. 강은 그와 세상을, 그와 시를 잇는 통로였다.

강과 함께 오래 같이 흘렀으므로 어쩌면 이미 그가 강이고, 강이 그여서 서로 간의 구분이 필요 없는 일이 됐는지도 모르겠다. "물빛을 따라가며 걷는 일이 남았다", 물의 흐름을 아는 자만이 부릴 수 있는 문장이다.

지금, 그 강이 보고 싶다.

문예중앙시선 030

탐진강

초판 1쇄 발행 | 2013년 12월 20일

지은이 | 위선환
발행인 | 김우석
제작총괄 | 손장환
편집장 | 박성근
편집부 | 송승언
마케팅 | 김동현, 이진규, 이효정

디자인 | 오필민디자인
인쇄 | 영신사

발행처 | 중앙북스(주)
등록 | 2007년 2월 13일 (제2-4561호)
주소 | (121-904) 서울시 마포구 상암동 1651번지 DMCC빌딩 20층
전화 | 1588-0950
홈페이지 | www.joongangbooks.co.kr

ISBN 978-89-278-0508-3 03810